Hello Chick
Cheep Cheep

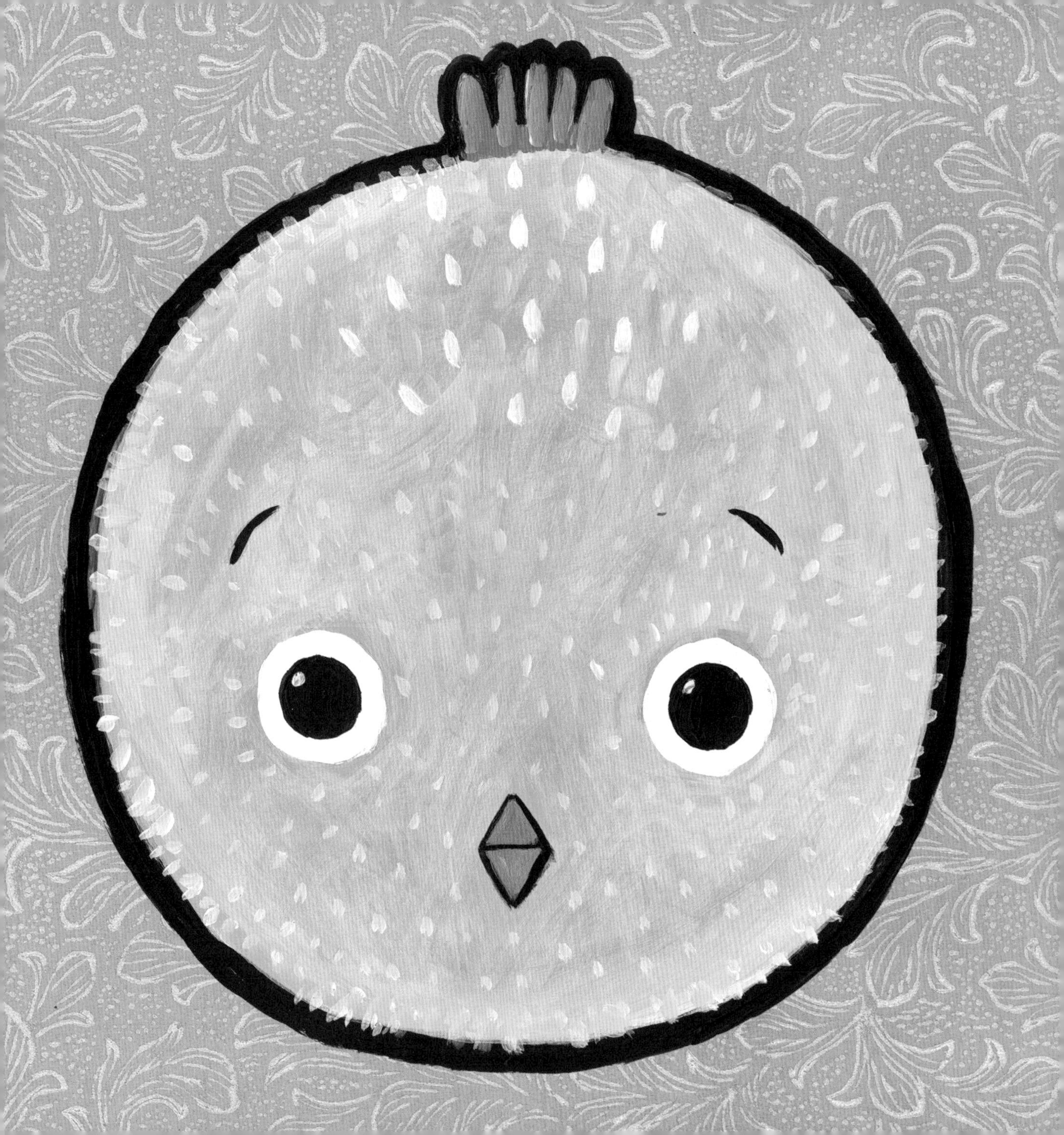

Hello Piglet
Oink Oink

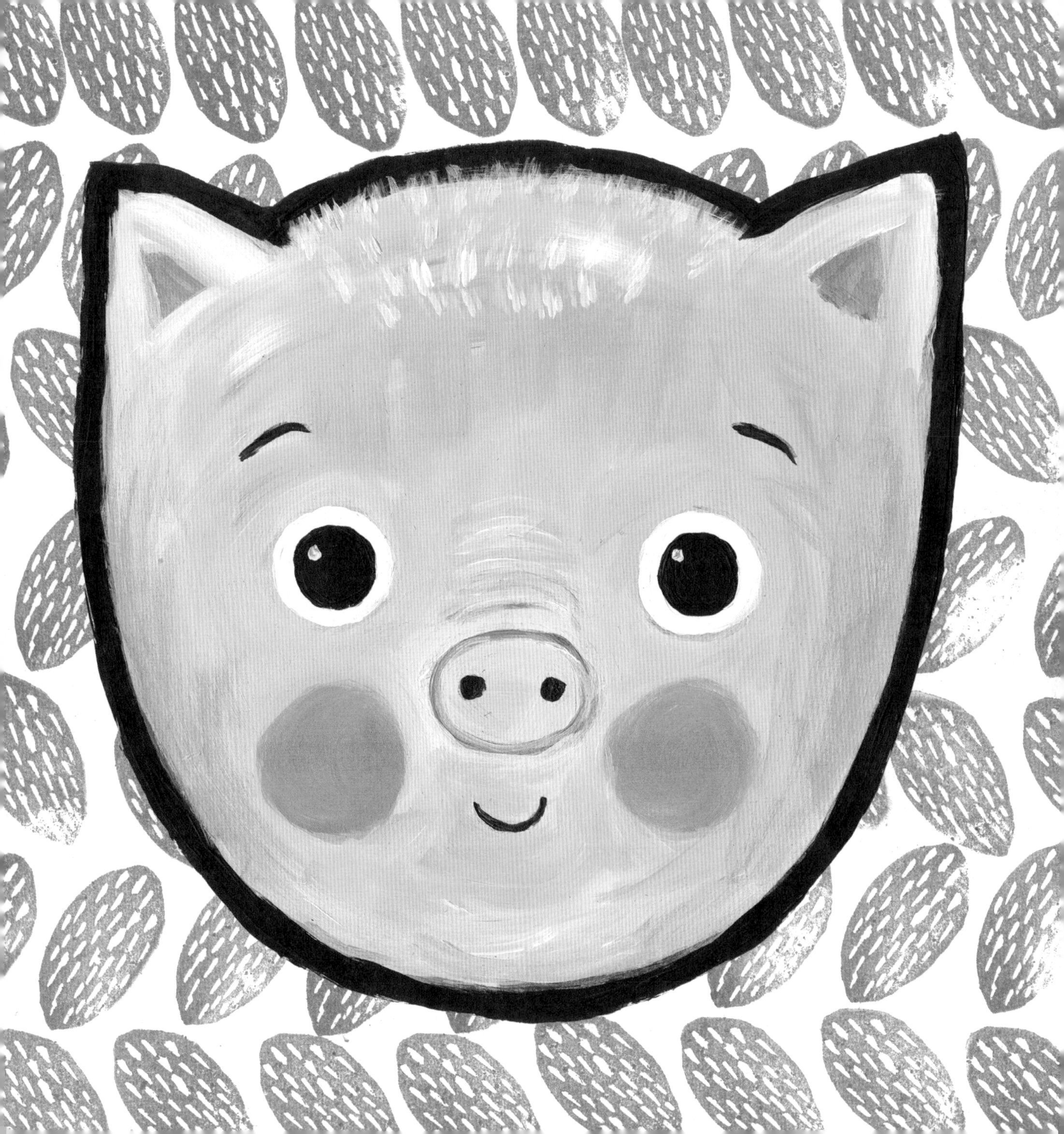

Hello Puppy
Woof Woof

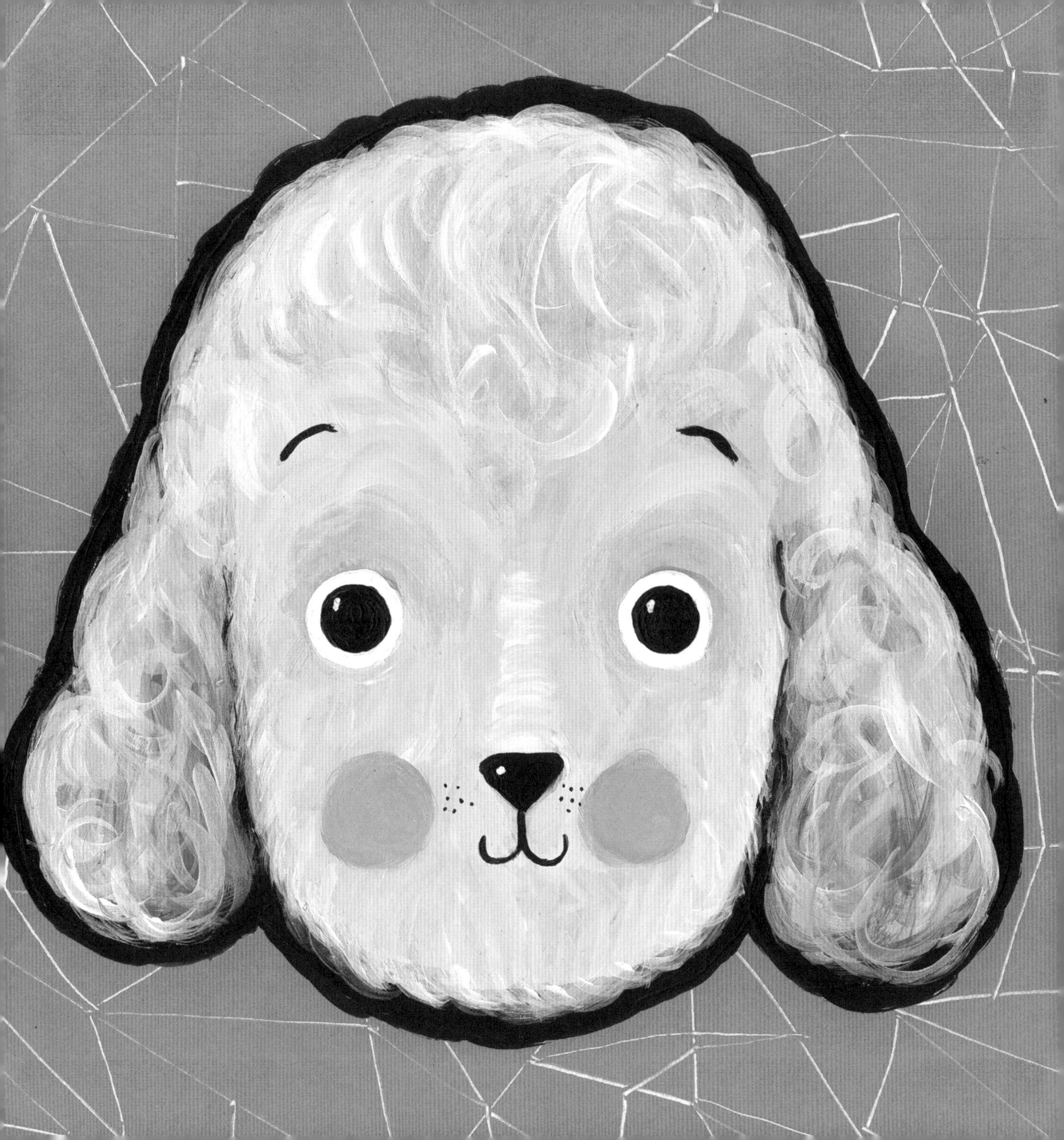

Hello Frog
Croak Croak

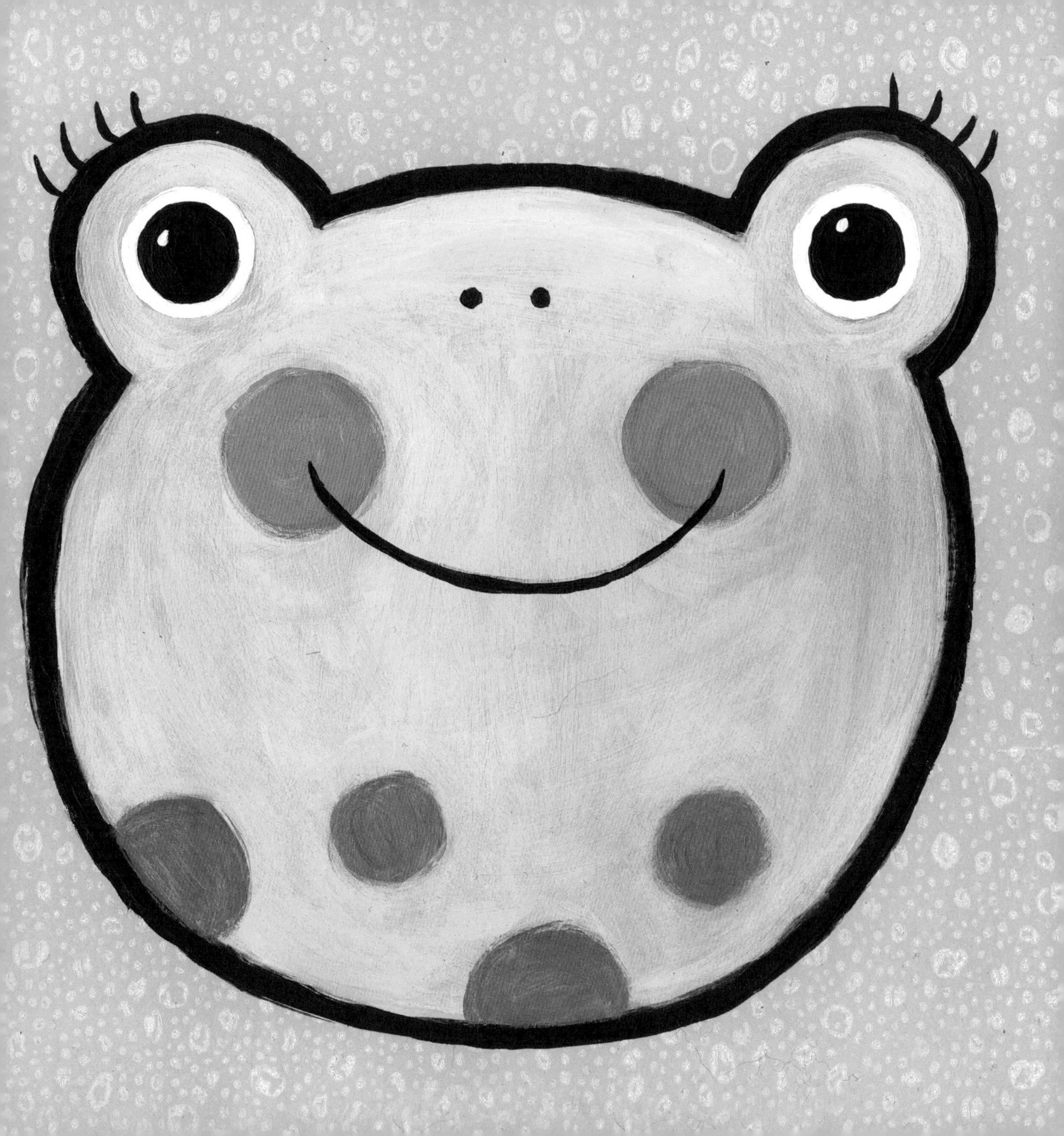

Hello Calf

Moo Moo

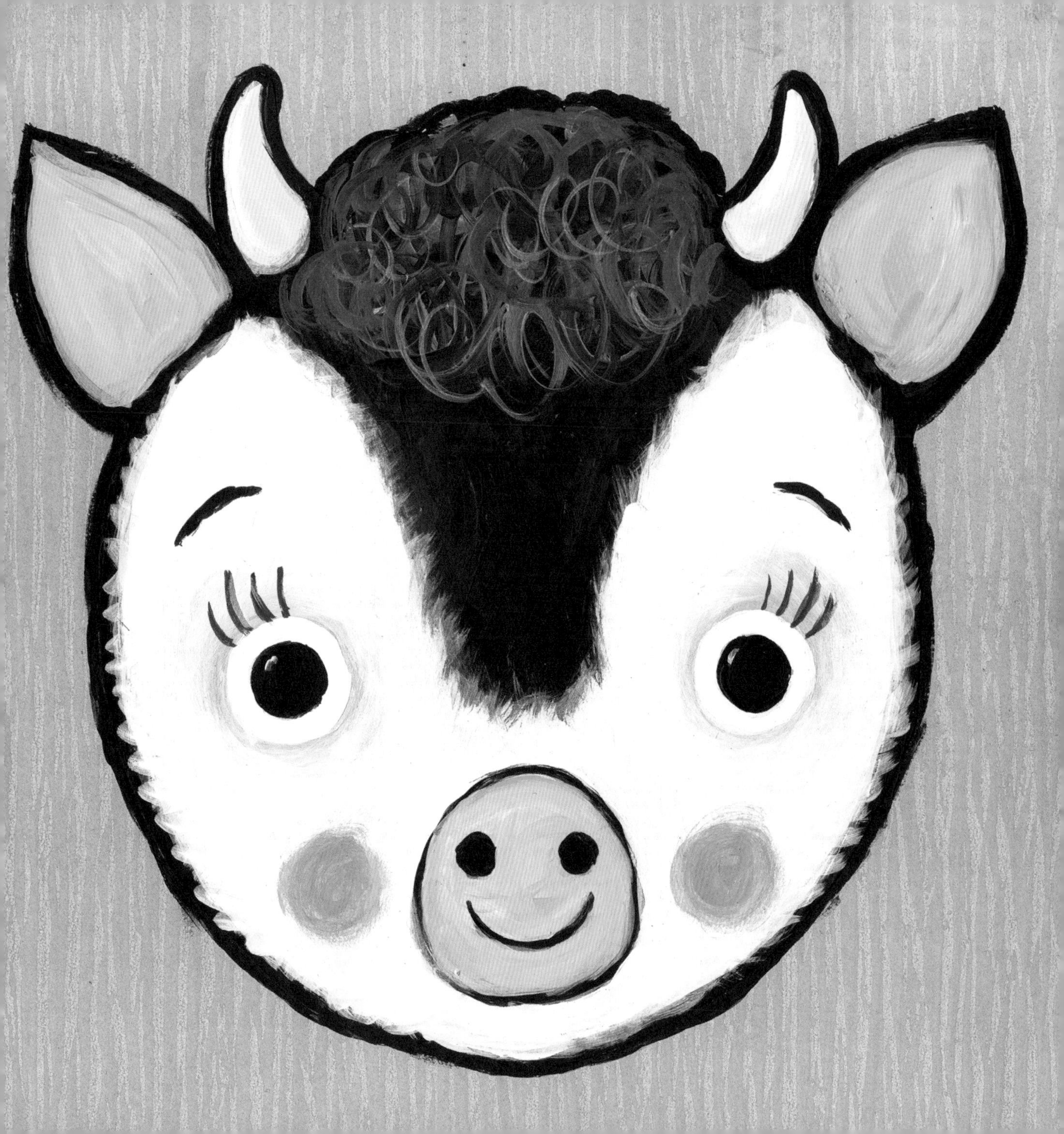

Hello Bunny
Twitch Twitch

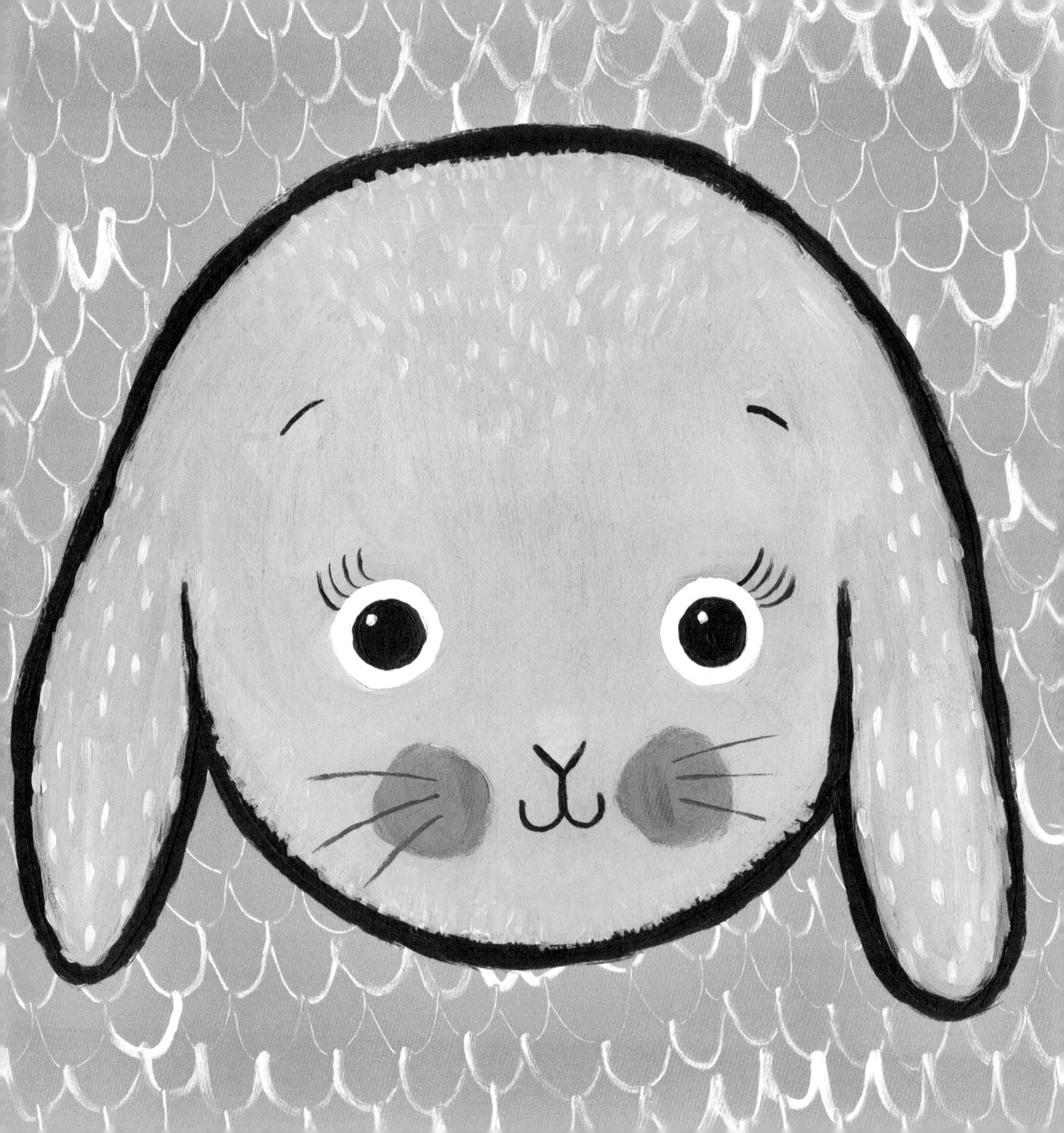

Hello Lamb

Baa Baa

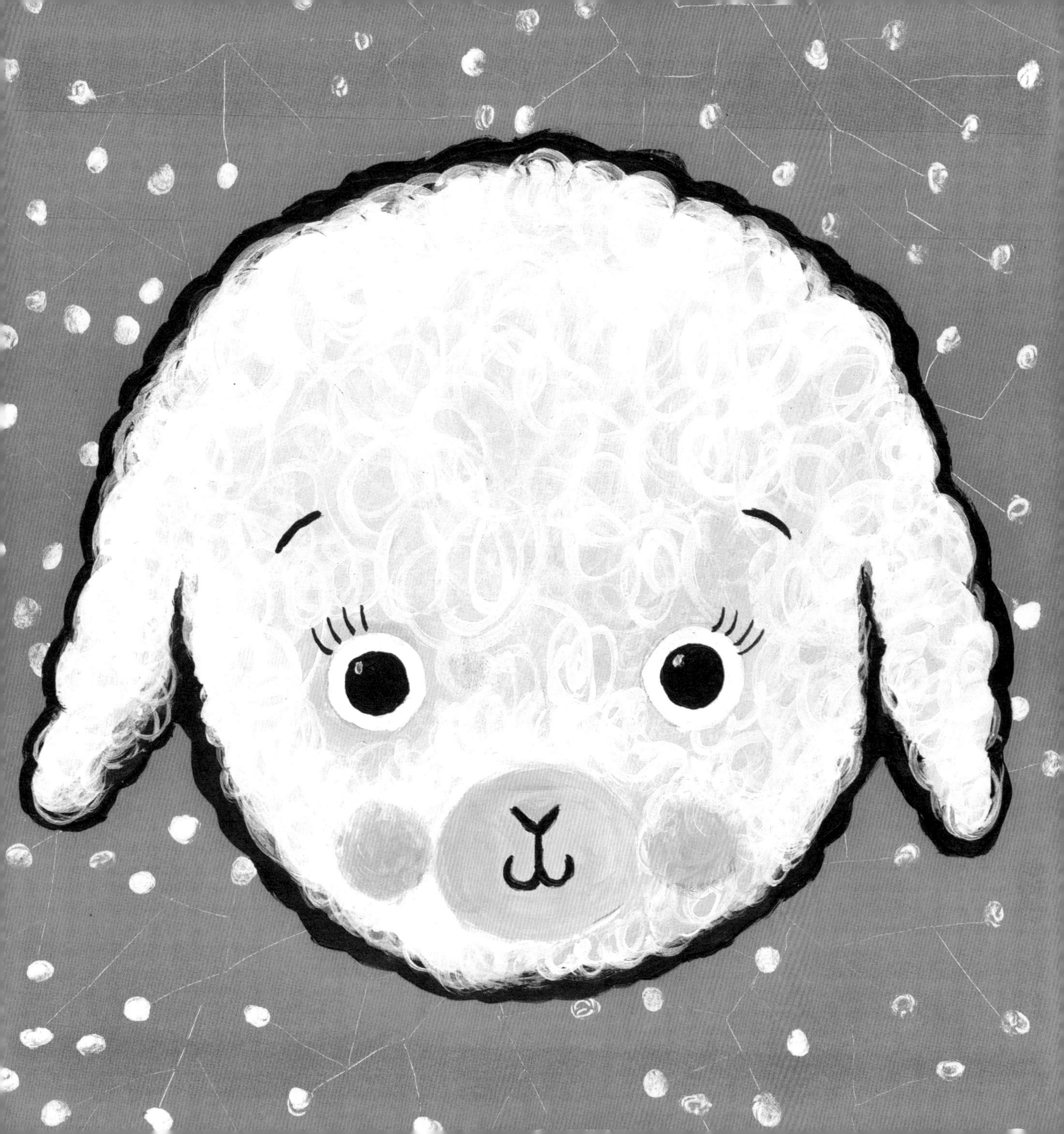

Hello Bee
Buzz Buzz

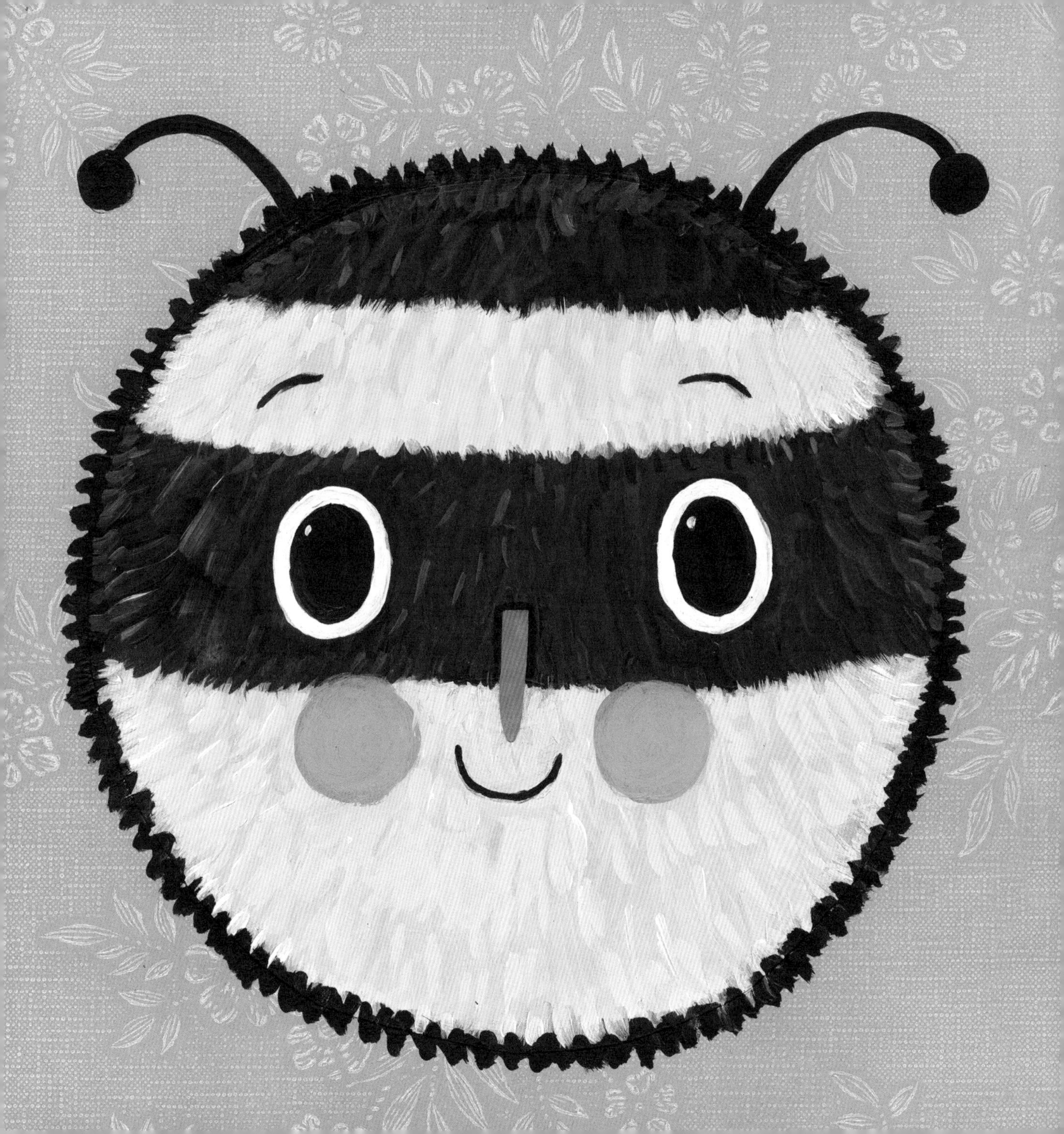

Hello Baby
Goo Goo